서정의 분노

서정의 분노

최인호 시집

문학시티

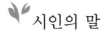 시인의 말

40년 묵은 부리 바위에 으깨어
새 부리 얻어 남은 30년 새롭게 사는 솔개!

탈각의 시간들이었다면 과장일까
쉽지 않기 위해 참아온 것은 사실이다.
다시 시작이라는 기쁨이 축복이 되도록
내면을 손질하고 깨끗이 해야지
시선의 높이를 45도로 해 보겠다.
눈을 크게 뜨고 더 낮은 곳을 살펴야지
감사할 분들의 시선이 등 뒤에서 속삭인다.

바쁠수록 쉬어가라고

그럼에도 곧장 앞으로 달려가라는 격려이리라.

2013. 11
최인호

차 례

제1부 꽃비 날리는 날이면

제2부 서투르니 고아라

제3부 수굿함이 좋다

제4부 평안의 빛

제5부 분노

제1부 꽃비 날리는 날이면

숲이 춤추며 노래하네
산등성의 연두빛 피부
봄을 쬐며 이글거리네

시詩

소리를 찾는다
언제나 벼랑에 서는
침묵을 그리는 손은 떨린다

쓰여지고 새겨지는 모든 것은
떨리는 손 위에 있다

눈 감는 버릇이 있는 그는
가끔
그곳에서 뛰어내린다.

꿈꾸는 이의 눈은
벼랑이 그의 자리이다.

나의 어머니

나의 어머니는
가시덤불 속에서
알밤을 주우신다
낭떠러지에서

그래서 어머니의 알밤에는
어딘가에 상처가 숨어있다

어머니는
캄캄한 산 이쪽 저쪽을
눈을 감으시고 왕래하신다.
아무렇지도 않게

철들어 가면서
나는 어머니를 배웠다
더 좋아하게 되었다

좋음이란 깊어서
무서움과
함께 한 지붕 밑에 있음도 알게 되었다.

누가 짐작이나 했으랴

선생님 헛 숟가락질의 수고
학생의 시렁 위에 얹힌 정신과 같으랴
게 걸음이 뒷걸음보다 나을게 없지
돈을 새김질에 빠진 마음은 안다

다람쥐 먹이구멍이 이천개라지
잃어버린 한 구멍이 더 아쉬워
한설을 구르는 귀여운 이것
속심이 그런지를 몰랐다

저 끝에서 무슨 일이 일어나고
다음 모퉁이에서 누구와 마주칠지
알고 있는 이 없지
우리가 어디로 가고 있는지 누가 아는가

여름밤 아래
한 마리의 거미가 풀섶에
그토록 정교한 그물망을 엮을줄
누가 짐작이나 했으랴

바닷 바위 - 진도 기행 2

놀 지는 바다 신의 숨결
파도 소리 다독인다

미궁의 끝에 놓인 먼 시간
잠 한숨 없다는듯 성깔로 남아
큰 입 벌린 바윗굴 눈물 쏟아낸다

아무렇게 가위질해 치마 불근 두른 듯
무릎 꿇고 신의 음성 갈망하듯
끝없는 싸움을 건다

못생긴 바닷 바위
무섭게 시린 몸
태고의 소리로 버틴다

봄비 후리는 속에

빗발 햇살에 베인듯
선혈이 푸르다
아 백목련

백목련은 탐스러
숨가쁜 봄의 전령
비밀 숨긴 눈짓
나를 호린다

봄비 후리는 속
키큰 나무들 뒤로한
4월의 물방울 꽃
백목련 반짝 보듬겨

봄의 여왕 군림하시다

삶의 향기

숲이 춤추며 노래하네
산등성의 연두빛 피부
봄을 쬐며 이글 거리네

생명의 율동
순천만 칠면초 붉게 태우듯
알아주는 이의 품에 안기네

출렁이는 산 넘쳐나고
굳은살 돋는 삶
대나무 밭 바람 같이

감동이 피어낸 오로라
달빛을 손에 담는 사람
도끼자루 깎는 다스림으로
사는 동안 망설이는

마음은 색상으로 만발하고
기차 비틀거리며 지나는길에
마음 고르는 호흡소리 !

3월의 물방울 꽃

뒤껼 다소곳한 목련
봄비 쓰고 싯 퍼렇다
파르르 떠네

가랑잎 밟고선 소나무
에두른 설렘의 푸르름
한기 가시지 않은
3월의 물방울 꽃

봄비 수줍어 보슬이네
겨우내 졸아 매달린 단풍잎
맑은 햇볕 받아 물망울 꽃으로 하늘 담았네

가을이 온다

검은 구름
살짝 가을 묻히고

싸늘한 비 바람
슬며시 가을 입힌다

욕심 찢기는 소리
한가닥 주름

날밤 늘키더니만
수척해진 나무들

가창오리 군무의 금강 하구

겨울 하늘 실어 내리려나 보다
일몰 쭈구려 뜨리는 장관 펼친다
시야 가득 환영을 색칠하며 지우며
석양빛 물빛 버무리고 닫고 쓸어대니
하늘의 발레 연출 떠다니던 영혼 끌어 내릴듯

가창오리 군무 피워 올리는 풍경
레나강의 정취 덧 입혀진 것
바이칼호 심오함의 조화
칠천킬로의 여정 어찌 묻어있지 않으리
꽃잎 벌어지는 소리…

나포평야가 새들 불러 모은다
먹이활동의 생동감 군무의 율동
큰 고니의 차오름 석양빛 물빛 건드림
쇠기러기 청동오리 논병아리 말똥가리
가창오리 군무 힘차게 푸르게 펼친다

감동

감동은 물방울
수면에 떨어지는 감촉이
안으로 굴러 들어오는 표음表音
둥근 마음에 미소 심는다

벼루에 먹물 적시는 붓끝
묻히고 후벼 가지런히
폭풍 일궈 휘닫는 여운
감동은 물방울

감흥을 그린다

느낌을 타고
두렁풀 밟으며 간다
흔드렁거려 풀리니
의식이 되고 세상이 따른다

되직한 느낌 내리고
사방이 일어선다
보는대로 칠해지는 색상
생각대로 새겨지는 전각

숨막히는 폭포
밑에 누우면 개울이고
위에 있으니 우뢰소리
오르가즘?

감동의 표정들

빙그시 움트는 깊음
방싯 솟아나는 파동
느끼는 마음에 즐거움이
이어지는 화음

감동은 기쁨을 품고
눈물과 섞이는 감성
마음 은빛으로 반짝이고
눈 뿌리에 파도치는 매운 맛

해맑은 웃음 위에 얹힌
소리 죽인 여인의 눈물
처진 거미줄엔 물방울
파고드는 질긴 움직임

숲에서 기도하는 종달새
날아다니는 화음과 감동
기쁨은 짝을 찾고
춤추는 화음 평화를 잉태하네

그래도 세상엔

신음소리
스케이트 칼날 찡그리고
날 세우고 깎아내는
울리는 비명소리

땡볕 철길 달구나
철마의 외침보다 더할 수 없고
석양빛 철길 걷는 아이
세상빛 속삭이고

스케이트 가는 길 외길
울음길 웃는길 외길일까만
태양이 있는 이유와
배워서 알아진 큰길

같이 가는 길의 아름다움
덩달아 가는 쉬운 길
까마귀 나는 깔딱고개 너머에
해돋이 애태우는 가슴 있다

꽃비 날리는 날이면

바람 불어와 연못 물결 파랑일 때면
종이배 접어 라일락 향기 가득 채워
그대의 눈가에 뱅 둘러 띄우리

꽃비 날리는 날이면
산새 노래에 숨결 실어
사랑 찾아 나서리

그대 심장에 색을 입히면
무지개 빛 율동
온 세상 춤을 추리

끓어오르다

듣던 선율과 걷는다
관현악 몸에 남아
근육, 느낌으로 울리고
달아오름 담을 넘는다

여름밤 소나기의 메타포*
영혼 찔러대는 노여움
호흡에 덮여
심장에 깨어지리

움직이는 근육
의식의 고양
적갈색 흐름
아름다음으로 스친다

고운 시상詩想
선율에 실린
요동치는 수평선
태풍속 범선이 간다

* metaphor : 수사학적으로 서의 은유

나그네

어둠에 불꽃 오락가락
가락이 되고
속이 텅비어

영혼 불태우는
전태일 만큼
빈집 빨랫줄이 되고

바람 괜히 춤추고
찢기듯 노래하고
건달처럼 지나가고

재수없이
자전거에 치이고
옥도정기 바르고

덜어 내고픈 아쉬움
우연히 지나는 통통배
무심한 뱃고동 바닷물이 삼킨다

나무어語를 하고 싶다

나무를 사랑하는 마음
생생한 등걸 매만지며
역결*의 사연 헤아린다

영어 일어 중국어–
나무어語를 하고 싶다
토어土語가 이들에게도 있을까

@#$%& ✱?
핀잔 들을까 봐
숲의 눈치를 보다

✱ 역결: 엇 나가거나 거꾸로된 나무 결

노익장 老益壯

갈매기 활공의 리듬 타고
영감의 호수 위를 노닐던
청춘 편린 주체할 수 없던 그대
추위를 알몸으로 살아 가는가

하늘에 새는 날고
뻐꾸기 먼 산 울리건만
세월은 게으르고 젊음은 휘청거려
헐거운 바퀴 나이테 어디를 향하는가

번민에 적셔진 머리
후줄근해진 동공으로
뒤돌아보기 싫은 삶
세상 어느 햇살이 반기던가

늦둥이 등에 매고
젊은이 행세하는 햇살이여
서산에 벌겋게 잇몸으로 웃고 있어라
허허스런 세상

매혹

석양빛에 익은 감흥
여인의 어깨선 두루고
갸름한 턱선에 머무네

상기된 몸
이글이는 동공
눈꺼풀의 파동

달궈진 불돌
아름다움은 나눔 아닌가

립스틱의 봄

입가에 안개비 어리어
무지개 피운다
다문듯 열리는 입술
립스틱의 고혹

스며드는 봄기운
실핏줄의 벅찬 투명
여인의 희고 보드란손
예쁜 감색紺色 고명
메니큐어

채워지지 않을 눈망울
두근거리는 봄빛
수컷들의 행진
봄은 여인의 입가에 무지개 피운다

마음 1

마음은 저절로 열리지 않는다
생명으로 싸여
출렁이며 튕기지

마음은 힘 없이도 열리지
눈물 샘에 연결 되어
느낌에 눈길만 주어도 풀어져

폭풍우 밀쳐 들어도
끄덕하지 않던 마음
한 방울 눈물 소리에
화들짝 놀라는 꽃

제2부 서투르니 고아라

서툰이의 손이 더딘 건
마음의 간섭이 순하여서 / 쉬고 쉬어가는 몸짓이 되고
속속에서 솟아나는 미소 때문이어라

꽃, 바람, 잎새

일찍 찾아든 장마 비
부슬 부슬 의식을 적신다
잡풀 푸근히 누운 머리에
장미꽃 붉은 모자 씌웠다
지친 노란 꽃 잎과 어우러져
이우는 봄빛 여인의 볼을 닮았다

화가의 손길이 그리워지는 뒤안
보는 눈길 붙들어 놓으려는 듯
웃는 모습으로 차례 기다려
꽃망울에 숨결 불어준다
바람 불어와 살랑 간질이고
새들 날아와 갖은 음으로 노래하고

꽃 어우르는 벌의 유희
영혼에 훈김 묻히고
흙으로 가는 아름다움
되풀이 되는 가르침에
계절의 숨결 다시 가빠진다

어머니는 따지지 말라 하시고

구름 피웠다 스러져
막힘 어디에도 없다
하늘 두른 이들 흔들어대기 바쁘나
세상에 트인 구석은 없다
들어서 안것 시부렁거리다
익숙해져 알아 버린게 되고
지식이니 고개 쳐드는 버릇

학교는 따지라 가르치고
어머니는 따지지 말라 하시고
영혼의 시선은 용서에 머무는데
따라하는 이 마다 형제애 찢어져
짧은 지식 늘이다 보니 가늘다
박우물에 깔린 지혜 퍼 보니 한줌
구멍난 항아리 온전한 두레박으로 물 긷고
온전한 항아리 구멍난 두레박으로 물 긷기

천년의 소리에 지워진 어둠
수천의 음성으로 노래하는 강물
소리 반짝임으로 담아낸다

찢긴 유물 꿰맬려 골무 끼니
어머님 눈물 좋은 바늘이네
피웠다 스러지는 뜬 구름 더 예쁜 구름 피우기에
학교는 따지라 가르치고
어머니는 따지지 말라 하시고

시흥詩興 너울 너울

흥얼 흥얼 흥겨히
속내 간질여
방싯이는 눈시울

여운 뭉실 뭉실
시흥 너울 너울
구름탄듯 달린다

영혼 휘 꽂아 들춰내어
다듬잇돌 슬며시 당긴다
녹아 내리는 따끈 아슬함

큰 마음에 녹아드는 문제들

세상사 실 구름에 매단 허공
바다에 떠어진 갈대
여인의 입가에 스치는 미소

번민에 적신 눈동자
많은걸 담아
무겁고 겨워

풀등 어루만지는 바닷물
어지럽게 넓지만
잔잔히 스치는 간지럼

속 소리에 베어진 영혼
오크통에 담겨진 포도송이
신비를 머금어 향기로 익어가네

스치며 스미는 바람결
마음의 오지랖 넓게 벌리니
문제들 그 안에 녹아드네

서투르니 고아라

서투르니 고아라
서두르지 않아 깊어

서툰 이의 손이 더딘 건
마음의 간섭이 순하여서
쉬고 쉬어가는 몸짓이 되고
속속에서 솟아나는 미소 때문이어라

서투름의 끝에서 웃음 솟아난다
여유라는 공간이 흐르는 것이면
영혼 숨쉬게 하는 것
꼿꼿히 설줄 모르는
이것은 위만 보진 않는다

긴장된 지식은 재앙과 동무 하고
댐이 깊을수록 가득 채우지 않지
반짝이는 영감이 텅 빈 곳에서 오는것이면
서툰 걸음 재촉함은

사랑 앞에서 망설이는 황홀
서투르니 고아라

망각

차창밖 갈마드는 풍경
잊혀지는 평안의 땅엔
시간의 무늬
어렴풋 서성이는 아쉬움

볼에 스치는 바람결
추상으로 그려지는 기억의 물감
잔잔히 다가와 마음벽 치는
어머니란 어감

풀어져 어른거려
스며들어 스러지는
지워지기 서운한
두루미 날려주기

순간의 결 끝없이 밀려와
미워진 마음 문지르고
비벼서 있었던 일 지우는
어머니의 너그러운 품안

모순矛盾
- 변증법 -

빨리 걷고
천천히
큰 소리로 말하는 사람
작은 소리로

눈을 까는 사람
치켜 뜨는 사람
살풀이 버선발
탱고 춤으로 밟는

필연 우연은 어디에 있나
가마솥 들 끓는물
넣는대로 같이 끓고
맛있는 음식 되고

무시無視를 머금어 참네

늙은 조랑말에 올라
힘겨워 비틀거리네
보는이 어디에도 없고
땅속에 스미는 땀

입술의 딱따구리 날카롭고
독수리 발톱 급소를 찾네
먼 산의 부엉이 울음소리
수레바퀴 그칠길 없네

머금은 땀 내음
천리를 비추고
눈꽃 핀 주목나무
죽어서 천년이라네

바람아―

바람아
너 스친것 여기 놓으렴

꽃망울 스쳐 에운걸랑
가난에 뿌리고

바다 여행에서 출렁였으면
그건 지친 사람에 묻히고

사람 스친 것이면
고스란히 여기 쏟아놓으렴

너 스친것
마음밭 헌 저 사람 살리게

바람의 속성

숨죽인 바람 나뭇잎 닿을 수 없으면
리듬에 실린 환상의 가지 없으면
새들 외면 했으리

뱃사람 바람의 자식
높하늬 샛바람 시마…
바람에 실린 삶 향긋하리

후각으로 다가와
흙머금은 입술로 전해주고
미련없이 사라지는

수줍은 바람
소리없는 웃음으로
촉감으로 울어대는 바람아 !

반포조反哺鳥를 생각한다

베 잠방이 광목조각 덧댄 자국
어둔 바늘귀 그리운 손등 선연타
참을성 없는 자식 두고 두고 지껄이고 지껄여
빛바래고 속살 갈라지고

그리움이란 두루미 찾아들듯
더듬거리다 둘러보다 다시 앉는것
옹이란 한숨의 응고
쌓인 눈속 라일락향 그린다

엉겁결 귀하신 분 보내고
홍시알 하늘에서 떨어진다
기러기 하늘길 텅 비어 있어
뒤따르는 찬바람 고이 고이 쓸어냈다

입으로 마음으로 쌓아놓은 것
까마귀 한입만도 못해
하늘처럼 맑고 곱게 닦아낸
흑요석같은 까만 효성이여

＊ 반포조 : 까마귀새끼가 자라서 늙은 어미 까마귀에게 먹이
　를 물어다주는 효조임을 이르는 말

볏가을 끝낸 들녘이

볏가을 끝낸 들녘이 황량하다
기다림보다 더욱 허허하다

멀리 보이는 논두렁 너머
볏가리 이삭들 자리
말끔한 흰 고명들 널려있어
가을 하늘아래 균형을 벗은듯

문명이 편리를 보며 달리면
음식위에 있어야할 고명 들녘에 얹히고
볏짚의 쓸모가 공장으로 끌려가
시골의 멋스러움이 멀어져 간다

무언가 기다려 주는 들녘
10월의 눈부심 어색하다
풍요의 모양새 아름다움 벗어
앗기는 마음 입히는 세월이 두렵다

봄봄이와 뱀뱀이

새순같은 귀여운 작은새들 분주한데
홀라들이듯 갈마드는 계절 있어
뒷뜰의 들꽃들 쉼없이 들고나고
감성의 모서리 때를 따라 닳리었지

시시로 펼쳐지는 풍요의 향연
먹이 자리도 쉬지 안 했어
이곳이 오늘의 훑고 지나는 순서임을 느끼며
자연을 지르는 새무리와의 조화 아네

자연의 속도 만큼 모든 인연이 그런데
샛님들 재잘거림 쪼고 흩이는 버릇 나를 붙드네
흘깃대고 흘금이는 고갯짓 좋아
우리가 봄봄일 때* 저들 뱀뱀임*을 아네

*봄봄이 : 눈에 보이는 겉차림새
*뱀뱀이(배움배움) : 듣거나 보거나 하며 배운 교양이나 지식

분수를 알라

사람 몸 먹는대로 된다는 말 들어
마음 웃음적셔 흠뻑 배면
기쁨의 씨앗 수군 수군 소리 낼테니
볕 뿌려주고 입맞춰 주면 되겠지

뱃속 길들이는 일
쇠코뚜레 잡아끌어
큰짐승 길들이듯 하니
과육에 맛들인 혀 바늘솟네

높낮이 무슨 소용 있으리
나누고 다투던 마음
웃음으로 채우는
내게 필요한 만큼의 힘 필요할뿐

분침과 초침

서둘러댐이 참새 같아
얼굴 스쳐댐이 언짢다
그러나 초침은 가는길 책찍질
분침이 초침을 탓하랴

은 모래 스치며 잔물결 반짝
두둥실 출렁이며 다가오는 큰물
초침이 분침 밀고 당기듯
바다의 풍경 가이없다

골짝물 부지런히 강에 이르고
눈 먼듯한 냇물 바다에 이르고
폭포수 다투는 듯 물방울 튀기며
갈길 간다 시인의 노래처럼

빗방울

모여 모여
누워 흐르고
젖어 몽롱히 수런대고

빗살에 마음 베어
빗방울 서서 걷다
돌부리 채이고

달빛 지치다
가슴 메어져
눈물방울 되고

헐리고 쌓이고
숨어들어
뒤돌아 망설이고

사랑은 항상성恒常性

꽃이 더덕 더덕
사람에게 꽃이 피었나

웃음꽃이려니 하다가
헤프지나 말지 하다가

박우물 이거니 들여다보니
독우물 이네 - 예쁘지나 말아야지

숲 가득 서릿김 피우는 쪽잎
꽃바람 함씬 태우는 햇볕

꽃길따라 먼길 와서 풀막에 누워보니
가슴 가득 꽃이 피네

아-
사랑은 항상성*

* 항상성 : 자극적 변화로 생리적 변화가일어나도 대상은
　　　　마찬가지로 느껴지는 것

사랑하는 사람

밭 두렁에 쪼그려 꽃씨 받는 손을 사랑한다
나를 돼지감자라 하고
검버섯을 꽃이라 하는사람
그 하나 하나에 하트를 입힌다는 눈을 사랑한다
웃음 만들어내는 기술
끝없이 지저귀는 입술
슬픔을 포기하지 않는사람
누워 하늘에게 두팔 뻗어
이만큼 내것이라 말하는 허심虛心을 사랑한다
눈물 흘리면서 까지 열심히 일하는 사람
허름한 소매끝에 내민 파리한 손
그 손을 덥석 잡아 돈을 쥐어주는
아름다운 손을 사랑한다

새는 날아가야 해

배움은 한길이 아니였어
곡식 갈릴 때마다
물레방앗 소리 다르고
서낭단 돌무더기
누가 처음 돌 놓았나

백성들 밑빠진 독 가지고
행주질만 부산하니 머슴님 주인 되지
이제 학원 철창에 갇혔어
젊은이여 대지를 품으라!는 어디 갔나

가을바람 나무 한잎 그네 타고 내릴 때
돌개바람 한들바람 무슨 소용
배움이 어찌 한길이겠어
새는 날아가야 해

선線의 흐름이 빚은 묵화의 일색

오케스트라 지휘봉이 그린듯
폭설 휘덮인 멧발
백호의 무늬 쓰고 야성을 더한다

빗살 그린듯 울섶 곱게 엮어 두른듯
선의 흐름이 빚은 묵화의 일색
잿빛 구름속 햇살 숨어 발하니
백설이 일궈내는 색조 안온하다

마음 놓고 내리는 눈 세상
이미 이승은 아니지
침묵의 속내 들여다 보노라니
사그라드는 나

누가 난을 치랴
차라리 혹한 뒤집어쓴 저-산
하늘 맞닿은 포효하는 호랑이를

선입견先入見

날개가 셋인가봐
두 개로 날고 있으니
한 개는 오르내리는데 사용할거야
큰 눈망울 빙글 돌리지

떡고물 같은
무언가로 잔뜩 엉겨붙은 몰골
만지면 손이 찐득거려
떼어내면 세상것 달려들지

재발라 나서길 좋아하지
컴퓨터인체 하기도
장거리를 단거리 뛰듯하는 선입견
사람과 같이 살았으니 끝날까지 가겠지

뇌수종으로 머리 커지는것 모르나봐
달리다 보면 챌린저호 폭발
아- 낭떠러지
사람 잡는 선입견

제3부 수굿함이 좋다

아롱이는 설래임
생생한 웃음꽃으로
산비탈 내려 흩으네

그립다

자유분방
좁은 돌담길 가네
술에 젖은 걸음걸이
부딪고 찧고
엉덩방아 시인詩人

용아 공룡능선
맨손으로 뚫겠다는 꿈 놓지않은 주름손
DMZ 뭉개놓는 탱크 발
세계를 향해 토해내는
우주의 꿈
작아질 수 없는

배 노저어 언제나 바위 위에 대고
보아뱀 비늘로 가듯 서쪽 하늘 가리키며
해를 뜨게 하는 하얀 웃음
바윗길 평지 걷듯하는 발
해돋이 하는 얼굴빛

나무는 언제나

골짜기 품은 산
산을 품은 골짜기

차디찬 산 올라치면
산 내음 달아오르고
맞소리에 끓는다

첫 새벽
나무 심줄 밟으며
대기를 마시는 나

나무의 숨소리
하리는 몸짓
생명 나눠주는 눈초리

언제나 제 자리에
그 모습으로
나를 부르는 소리여

낭만이 시든 포구

낭만이 시든 포구
갈매기 소리 남아
도시인의 허상 공중에 띄운다

구죽 조가비 더미 좁은 해안 끝
쏟아질 듯 벼랑에 매달린 나무들
바다를 보는가 냄새의 그리움인가
혹여 입맞춤 아슬함인가

6월의 혹서 당진 한진포구
바람결의 은 사시나무
찬물때*의 선창 넘실대는 한기
햇살 눈부심이 바닷물에 간드러진다

낭만이 시든 포구
갈매기 날아 더위 식힌다
눈앞 활공이 눈부셔
경사 이룬듯 마는듯 느린 회전 물에 잠긴다

* 찬물때 : 바다의 밀물이 가장 높은 때

섬돌 위 흰 고무신

심청가 감미로움 진양조에
외조부님 눈시울 뜨겁다
싱그러운 입매 서그러운 마음결
손잡아 끄니 감기는 눈

논곡식 그득 고래실 들녘 출렁
죽원 나서 앞장서는 하이얀 소매
휘둘러 논두렁길 걸으실 때
감아쥐신 태의 꼬리 비쳤지

논도랑 물꼬 짚으시고 논머리 풀가에 서
태 거꾸로 잡아채 태질치시는 소리에
참새들 놀라 날고
허수아비 멀거니 쳐다만 보고

새막의 할아버지 시조 읊으실제
석휘夕暉*의 파장 자욱
어린마음 가락에 잡히고
외로운 들녘 개구리 울음소리

둔덕길 돌아오는 길 뜨락에 서면
초가지붕 처마기슭따라 조여진듯
색감으로 꼬옥 다듬어진 이엉 아래
섬돌위 흰 고무신

* 석휘 : 해가 진뒤에 어스레하게 남는 빛

사랑의 유형

아롱이는 설래임
생생한 웃음꽃으로
산비탈 내려 흩으네

태양의 빛
노안에 방울져 내리면
닳아진 입술 생기 돋겠네

멀리 오래되어 희미한
그리움이 변색된
숨을 쉬지않아 닳아 바래진 빛

밝은 빛 입술에 닿으면
닳지 않으리

멀고 희미함이 무언지
알 수가 없네

시인詩人의 영혼

일상에 메인 영혼
몸과 마음 공중에 떠도나
잡박한 지식 하루살이로
영혼 위에 날리네

속말 다투고
소리의 음조 시냇물 소리
북바치는 감동 근육이 되어
봄기운 키우네

나부끼는 들녘의 아우성
언제나 언저리 맴돌고
상식을 지우는 영혼
시상詩想의 돌기 풍차되네

마음 근육의 절박감
경련으로 일어서고
보푸라기 되어 흩날리네
고개마다 다른 기쁨
영혼 실어 동녘을 쏘네

소견所見에 돛 달았으면

실을 꿰며 바늘구멍을 본다
가까이 할수록 흐릿해진다
돋보기를 빌리니 뚜렷하다
바늘구멍 너머엔 큰 세상 있을텐데
보이는게 없다

소견이란 바지선
끌배 없이는 한 발자국도 나갈 수 없다
작은 거룻배 노젓는 사공이면
어디든지 물 위를 간다

서툰 꽃 애호가
많은 씨앗 끝에 몇 그루 선물 받지만
꽃이 주는 감동은 파동으로 남는다
곧추세운 목 바람에 늘 수굿 수굿

구름 지나며 인사하고
바람 스치며 안부한다
소견에 돛 달았으면

바늘 구멍 너머 큰 세상 날겠다

＊ 소견 : 어떤 대상이나 현상을 보고 살피어 인식하는
　　　생각이나 의견

소리로 떠돌고 싶다

어둠에
밝음이 살그머니 닿는다
여름밤 하루살이
파동일고 소리되어
어렵사리 말이되고

어려움이 수월함 삼켜버리는
꿈의 놀이나 할까
여름밤 하루살이
하늘이 땅의 시간에 실려
소리로 떠돈다

소묘素描

학 같은 두팔
길게 늘어뜨리고
절망의 노래
피부 깊숙히 숨기네

해쓱한 민낯
은회색 솜털
푹꺼진 눈 두덩
검고 긴 속눈섭

희푸르스름 입술
반쯤 비치는 음성
원초적 눈동자
창백한 엣지Edge

대리석 위 민낯
절망의 노래 받치고
생멸의 끝에 놓인 율동
부르르 떠는 손끝

* 소묘 : 연필 목탄 등으로 사물의 형태 명암을 위주로 그린 그림

소중한 것

보이지 않고 만질 수 없는 것에
채색할 수 있다면
그레고리오 성가를 택하리

가장자리 오래 오래 새겨
분침 초침 숨겨놓고
가는 붓 끝 세워 차분히 하리

음이 길게 뻗어가도록
음이 뜨지 않도록 추를 달아주리
가끔 가슴에 품어 변색을 막으리

수굿함이 좋다

감성이 앞서니 슬픔이 눈물로
앞서거니 뒷서거니
높낮은 소리다

슬픔은 내리는 장력張力*
긴장된 소리들이
낮은 자리 좋아하는 이유 알겠다

슬픔은 질깃하여 연약하지 않고
항아리같이 물을 가득 담아
하늘과 땅이 된다

슬픔의 소리 낮은 음으로
읽고 쓰는 눈물인가
수굿히 낮은곳을 향한다

* 장력 : 당겨지는 힘

숲에서

나무들이 몸을 부비고 있다
싫어서 좋은 것일가
서로 다른 것들이
사이도 좋아라

너에게 몸부림이 있었겠지
골골 샅샅
무늬지는 아픔
어우러지는 화목이었지

여기 저기 기웃 기웃
그리도 할 얘기 많은지
쉼없이 새살궂은 나무잎새
누구도 흉내낼 수 없어라

울음 소리에
구름 가면 숲 따르고
바람이 뒤쫓고
울음 뒤에 울음소리

죽기까지의 우애 부러워라
너의 숨소리 산이 놀라면
더 큰 웃음으로 화답하는
높고 긴 산의 숨결이여

슬픔은 아름다운 꽃

낙엽이 밟히듯
붉은 동공의 오솔길 간다
붉은 슬픔 벼랑에 선다
산 안개 세상 메우듯
슬픈 꽃 붉은 노을에 젖는다

밥 나오는 구멍 앞 줄서기 마다하고
입 부르트는 허공 아래
한 알의 민주, 돌맹이 안아다 놓고
차꼬 끄는 야윈 발목
초침이 시대를 침범함을 아는 이들

슬픔은 너와집 창에 핀 서리 꽃
마른 입술 축이는 볼그레한 혀
안나푸르나 깊은 눈속에 파묻힌 박영석대장
고요한 뺨에 따스한 볼 대어보는
작은 것으로 채워지는 곳에 핀 아름다운 꽃

시인은 바늘 같아서

쪽빛 망울 번지는 하늘가
하얀 실을 단 바늘 촘촘히 다듬어
죽죽지는 선은 선율의 놀이터

마음깃 고히 접는 골무낀 손
시침질 바늘길의 설램
사연 쌓이고 익어가는 높은 음자리

미싱판 런닝머신 뛰듯 달리는 바늘
찌르는 소명인지
꿰매는 실용인지

골무와 바늘이 모순矛盾*이면
바늘과 실은 금실좋은 한 몸
모순과 금실이 다르지 않은걸

시인은 바늘과 같아서
골무낀 손 공경하고 실과 동행해
옷섶에 얹힌 깃의 단아함이여

* 모순 : 창과 방패-시경詩經

심술

봄 바람
시샘 바람
꽃샘 잎샘 심술 불어온다

시새움 부풀렸다 내쉼이
시어미 고춧 입 같아
새아가 시 서늘한 손끝이다

사람 짓 모여
산 되고 바다 되니
옛바람 어디 갔나

감기 이름 길어진다
가지수 마디 마디 는다
병원은 늘 만원

그 시절 꽃샘추위는 어데갔나
사람의 짓 불러오는 바람이 두렵다

쓰여진 글은

쓰고 싶은 말 다 쓰지 않도록 해야지

글 판에도 구멍은 있어 숨은 쉬어야 하니까

답답해서 써 놓은 글이 질식해 버리면 않되지

참 글이 지러져 오글리면 어쩌지

마음씨 심어지는 자리 띄엄 띄엄

글 고랑 손질 고히 고히

사랑하는 말로 덮어주고

한눈 팔지 않을게 속삭여야지

씨앗의 송가頌歌 1

농사는 모종으로 하라한다
수확이 쏠쏠함을 애기한다
번잡할 필요 있느냐고

씨앗으로 하는 초생草生의 맛
첫 생명의 오묘함에 빠져
한 가닥 신선함 만져진다

머릿속 화끈거리는생각
나비되어 풀숲 나닐어
풀빛 생을 불러내는 기운

친친 감아대는 감촉
씨앗의 숨결에서 속삭임까지
첫소리의 울림

새로 태어나는 것은 춤을 춘다
꽃바람 노래 소리 따스하고
마음은 온통 파란 송가!

씨앗의 송가頌歌 2

씨앗 땅에 묻으니
맘결에 전각篆刻*으로 새겨져
꽃바람 싱그럽다

봄 오는 소리 땅에 구르고
곳 곳엔 삶의 소리 가득 찬다
땅속 생태의 역동성 아리송하다

해바라기 다알리아 과꽃
베란다 너머 그려진다
씨앗을 깨운 튼 손에 마음이 간다
너는 나의 염원이 된다

생명 이끄는 힘으로 다가오고
서두는 기색이 없다
씨앗 묻으니 마음도 같이 묻힌다

＊ 전각 : 나무 돌 금 옥 등에 도장을 새김

아름다운 여유餘裕

수족관 전기 코드 잘못 조작으로
물고기 다 죽게한 종업원
기죽은 그를 향해 허리끈 풀어놓고
우리 회식 한번 해 보자시는 주인의 맑은 표정
말주변 없는 이마다 속 깊음 아는 선생
학생 속마음 지긋하니 들여다 봐주는
아름다운 시선과 마주친 반짝이는 눈
표현해 지지않는 음音 가지고
끝도 없는 반복의 길 발자국 지우며 건듯 걷는
안타까운 숨은 미소

질펀한 꽃밭 꿀 빠는 나비 벌
봄기운 방싯거려 눈을 감기고
한가한 솜구름 서녘을 그린다.
가슴 뭉클이는 여유가 견주는 것이면
일상의 미끈한 여유로움을
아름다운 전자에 비길 수 있으랴.

알아야 할 것 위에

포란에 든 어미 개개비의 속심을
뻐꾸기가 알까

멀찍이 가지에 앉아
개개비 어미새의 둥지 살피는
뻐꾸기의 작은 가슴

주인집 도련님 공주님에서
새끼 뻐꾸기까지
둥지 밖으로 밀어냄은
자연의 이치일까

알고 있으면서도
숙연히 서 있는 나무
무얼 보고 있을까

알아야 할 것 위에
별빛만 반짝인다

내 작은 공간

발통말 탄 나폴레옹
상승기류에 머플러 날고
검독수리 쏟아내리고
악어의 날카로운 이

하강 길 더욱 깊어
말발굽 소리 밟히고
저음으로 내리다 내리다
숨 끊어지고

창백한 작은 공간
희미한 온기 잽을 날린다
남과 다른 길은 위태로운가
추위 마른가지에 둥지를 튼다

제4부 평안의 빛

깨우침은 별똥별의 쓰다듬

끝없는 출렁임 / 소리결의 은하수

별이 부서지는 소리

실개울

울림이 깨어난다
마주보며 부르는 소리
사랑으로
자비로

소리들의 산책
산골 실개울
깨어남을 위해
몸을 다듬어

소릿 바람 하늘 덮어
상승을 꿈꾸며
파동을 삼키는
하강으로의 좁은 길

깨우침은 별똥별의 쓰다듬
끝없는 출렁임
소리결의 은하수
별이 부서지는 소리

심안心眼이란 글귀

솔밭 맨발 달려온 솔솔이 바람
처마 끝 풍경 간지른다
놀소리 마음 고샅 닦으니
졸아져 삐침획의 음 위에 얹히기도
휘파람새 앙증함 음자리표에 노닌다

아기별 엄마별
잔뜩 입에 문 고사리손에
내려보는 눈길 흥얼이는 풍경소리
바람세 휘둘러 알아낸듯
심안이란 글귀 고샅에 새겼다

역사 품은 마니산

말이 영靈 되어 떠도는가
단군의 제천지 민족의 머리 되어
는개* 잔뜩 품은 기운 마니산 휘감아 신성 더하고
팔배 지구자 옴나무 올려보는 마음 푸르러

동으로 기슭 타고 내린 곳 작은마을
팬숀 정하니 소담한 연지 잡아끈다
연잎 빗속에 서서 고갯짓 하고
물에 비친 창푯대 하늘이라 찌를듯 풋풋

연꽃 연밥 품은채 물의 님프nymph 아롱인다
마니산이 내리는 영감
숨바꼭질 하는 햇님의 웃음
진주알 빚은 은빛 연못에 만개했다

역사란 자리에 서서 숨만 쉬진 않으리
보는 이들의 팔 잡아끌고
지친 어깨 다독여 주는
어찌 영산 우러르는 연의 세계 조용할까

* 는개 : 안개보다 조금 굵고 이슬비보다 조금 가는비

절름발이의 행복

웃는 모습 방패연 만들어
한계限界를 베어내 한쪽 꼬리 달고
욕심慾心를 베어내 다른쪽에 살짝
하늘 멀리 날려볼까

노래의 둥지에 살고
언제나 꿈꾸는 눈
날개 달아 하늘을 휘젓어
공부하는 속내가 좋다

콩알 소견으로 돌담장 치고
골짝 시냇물 막아서려 들고
진주의료원 빗장걸기
개개비 둥지 살피는 뻐꾸기

방패연 얼레 실에 달아
감았다 풀었다
웃는 모습 보일듯 말듯
세상사 될듯 말듯

칭찬

건반 달리는 소나타
벨벳의 촉감
삼투압으로 다가오는 친밀감
볏가을 마당의 흥겨움

상승 기류 탄 화분
몇천킬로의 여정
내려 앉아야 하는 필연과 소멸
살아남은 슬픔과 환희

바람에 실린 언어 부질없네
참새소리 입에서 입으로
늑대의 귀 잡은 손
놓아야할 때를 아네

손자의 볼 비비는 주름손
할아버지 침 삼키는 마음
별처럼 깜박이고
바다처럼 가득하네

투명한 영혼

어린 영혼은 오래 기억하는가
아름다울수록 오래가는가
투명하고
선명하고

보드러워 깊이 새겨지는가
흘러 흘러
오래 오래
돌고 도는가

순진純眞의 기억 돌기에 꿰였나
나비 되었나
아름다움에 겨워
시냅스의 거리 달리는가

어머니 어머니

부르는 이름
어머니 어머니
속으로 가라앉는 이름
무거워 날지 못하는 한이여!
반짝이는 눈꽃

서러움 차갑게 찾아와
코끝에 맺힌다

눈물맛에 익숙한 이름
어머니 어머니
눈석임*으로 남은 이름이여!
모습에 많은 말 새겨놓은
나의 하늘 이름이여!

* 눈석임 : 쌓인 눈이 속으로 녹아 스러짐

영혼에 문이 있다면

영혼에 문이 있다면
고운 색종이 배를 접어
은 물결따라 은하수 건너리

영혼에 층계 있다면
걸어 오르진 않으리
반짝이는 창에 요정 불어 넣어
사랑의 힘으로 날아오르리

영혼에 빛깔 칠해진다면
떨리는 손으론 하지 않으리

닫힌 문이면
뜨거운 눈물길 붉은 방울 찍어
어리인 빛으로 열으리

오래된 시작

잎자루 이기를 그만둔 갈잎
흙으로 돌아가고
모질음 설한으로 지새우더니
그래도 생명선 쥔채로 기여이 견뎌
잎파랑이 잎맥에 희미스름 칠해지던 이야기
죽을세라 대롱이던 잎새
어지간히 잎샘에 시달리드니
빗님 햇님 반김에
잎방울 앞세워 산뜻이 웃었지
생명이 보응이라면
오래된 시작이리라

외롭다

시인의 숨소리
깊은 주름에 묻힌다

부딪는 소리
세상 탁음에 숨 죽이고

새벽 청음 좇아
숲길 걷건만

무심한 산새들
저희들 끼리만

오래된 눈빛
주름살 색칠한다

이들을 사랑한다

가난에 익숙해진 사람
값싼 옷으로 멋 부릴줄 아는
부유함에 기죽지 않는 사람
그 위에 칠배의 풍족에도 흔들리지 않는
이들을 사랑한다

부풀어 오른 번민에 파묻혀
죽은 줄 알았는데 걷어 보니 환한 미소 답하고
모르면 아파할 수 없음을 아는
그래서 밝은 세상 위해 공부하는 사람
이런 이들 부러워 한다

제주 올레길 범섬처럼
가도가도 내 앞에 있어 든든한
알심이 튼실해 쉽사리 시들지 않고
남 무시하지도 세상을 시샘하지 않는
조용한 사람이기 원한다

이토록 얕을까 하는 말은

생각이 얕어 속이 드러난다
진흙탕이든
개흙탕이든
제 알속대로 드러난다

질척이든
질컥이든
그 안에 들어가 본 사람이 흉내냈을 터
질퍽이 익숙한 이도 있다

사람의 속내도 이럴까
들어가 본 사람이 알텐데
그런 사람 없다 하고
들어가 본 듯이 하는 사람만 있다

들어가 보기로 하고서
아스라이 올라 생각 젖어보니
허청댈뿐 삿대 부러져 마음을 친다

속이 드러나는 것

남이 들어가 드러내는 것
자신만이 드러낼 수 있는 것

직접 들어가 확인할 수 없는 것이면
속이 이토록 얕을까 하는 말은

인고忍苦 2

조용한 느림은 따스하다
오랜 어둠에 응하는 따스함
굼뱅이 끝없는 몸놀림
긴긴 탈바꿈으로의 길
날기 위한 몸부림

여름밤 쓰름매미 하늘 스미는
길고 긴 기다림의 숨결
생명이 미끄러지는 소리
질긴 울대 타고 내리는 소야곡
아버지 목소리에 담긴 주름

읽고 쓰는 슬픔

철철에 꽃 과일
나무마다 지천인 열매
사방을 채워 두루고 색색 다툰다

때 맞춘 추수
거두는 손길 따내는 정성
그릇 채워지는 기쁨에

읽고 쓰는 슬픔
참을 수 없는 웃음
숨겨진 창문 열어
종이 비행기 띄우리

작은 인정이

작은 인정이 큰 인정보다 가시가 많은가 보다
손을 대 보면 알 수 있으니까
저기 파랑새
가지에서 가지로 옮겨다니는 이유 알듯 하고
눈물 맛이 어째서 짭짜레한지 알듯하다
인정 우정 같은 것의 꺾임이 위를 향하기 보다
숙인듯 흐므러질 때 반짝이는 눈빛
더 많은 물기 머금는 이유 알겠다
여름날 험상궂은 거미가 그토록 정교한 그물망을
풀섶에 치는 섭리를 알듯하고
진실 정직의 강이 범람을 싫어하고
산골 바위 모퉁이 돌아 자신을 굴리기에 심취된
이유도 이젠 알듯하다

잔소리

산 개울 재잘거림
물길 이끄는 잔 자갈의 스침소리
물장구 치며 새살이는 아기 손

예쁜짓하는 휘파람새 고운소리
여름날 잠자리 날갯짓 어머니 잔소리
벌들도 잔소리 거들어

어리인 눈 망울속에 담긴 어머니 입속말
시름없이 하늘 보시는 어머니 턱 주름
축축하신 눈시울 코끝 짜릿함

오지그릇에 향기 주섬 주섬 담아
투명한 속내까지를 채우니
천둥보다 큰소리
이미 살이 되어버린 내 것

철쭉

유백색 철쭉
완만한 언덕을 쓸어내린다
빨강 분홍 손뼉치는 속에
우유로 씻은듯 화사한 여인의 속살
새 하얀 물결 설렌다

차마 머뭇거리는
봄을 두드리는 드럼
놀이터 아이들 얼굴
개구리들의 합창

유백색 철쭉
풍성한 색깔로
계절에 획을 긋고
산조를 춘다

평안의 빛

빗물 바위에 스미듯
설움 영혼을 적시어
절망 골수에 파고들어

쇳물 기포로 시작하더니
식은 가마속 서늘하여
설움되었다

비온 후 파릇 파릇
새순 돋치는 하늘뿐
나누고 주는 일이였다

두들겨 강철이 되었다
새순의 향연 가지가 되고
절망은 어디에도 없다

혀는 뱀과 같아서

비행기 시 쓰거나
기러기 써놓은 시 음송吟誦 하거나
구름이 외면하거나
미사일 말없이 성깔 내거나

버들개비 하얗게 날던 날
코 벌름거리고
재채기 날아가게 하는것
그래도 쳐다보는 이 없다
골목안 포터차 과일장수 소리

맛의 화합이라서
비빔밥은 할말이 많다
혀는 뱀과 같아 하루 종일 말을 하지만
알아듣는 이 없다

후회와 부끄럼의 비빔인 화火
화火는 화和
부끄럼과 후회일 뿐
버드나무 밑에 앉으면 그것이 그것

혀는 뱀과 같아서
하루 종일 말을 하지만
알아듣는 이 없다

회화나무
- 정독 도서관 앞뜰의 회화나무 -

서리꽃 어른거리는 창가
마음 앗아가는 곧은 나무
상한 모습의 비밀

거친팔 잔뜩 펴니
고풍스런 두루마기 너플거려
산새들 불러 모으니 화긴和氣*들
너는 본시 서생이었으리

억년을 비껴
천년을 버틸 기세
고풍에 고절苦節*은 저며들고
두루마리 펼쳐든 팔

회화나무 심성心性이 하늘이면
공력工力*은 땅
마주한 자리 고초를 마다하지 않으니
읽고 쓰는 버릇은 너의 것

너는 본시 서생이었으리.

＊ 화기 : 화목한 분위기
＊ 고절 : 굳은 절개
＊ 공력 : 공부하여 쌓은 실력

피에로

창밖에 승용차 스르르 설 때면
스을쩍 차 모양부터 훔쳐보고
사선으로 사람 보기
아가씨 먼 발치에 스치는가 싶으면
얼굴 예쁜지 미운지
핫팬츠 몇 인치인지
고쳤는지 뻥끼칠 몇겹인지 볼 것 없이
핸드백의 디자인 실용성 필요없이 메이커 메이커
애완견 예쁜 눈망울에 시선 맞춰볼 겨를없이
종자따지기 혈통 값따지기
데이트족 깔린 까막 밤 한강 고수부지
물에 빠진 사람 찾아 사람 살려
누구도 대꾸없는 세상에서 목숨걸고 사람 살리기
화폐 귀퉁이에 공업용 미싱으로 덧 데진 거품
생각의 각도 30이면
시감視感도 덩달아 35까지 내려갈 이유 있나
0일 때도 있었는데
흰 분칠에 빨강입술 피에로

제5부 분노

천년의 소리에 지워진 어둠
수천의 음성으로 노래하는 강물
소리, 반짝임으로 담아낸다

걷는 입으로 말은 발로 한다면

무언가 잔뜩 말한 허전한 입
헤집어 나낸 뒤의 허탈감
살아온 길 더듬는 속눈

입은 조심히 걷고
발은 맨발로 말을 한다면
몸은 태양을 향할거야

영혼이 빗질하며 걷는 길
종일 드레스에 신경쓰는 구름
새들의 노크를 기다리는 창문

거무 튀튀한 거름더미 위에서 웃는 나무
막힌 교실 숭숭 구멍 뚫어주는 선생
이 빠진 연장으로 고딕식 건물은 짓지말자는 교회목사

걷는 입으로
말은 발로 한다면
비틀려 도는 세상 제자리 찾을거야

네 마음대로 되더냐

금, 권력은 폭포와 같아서
미디어 악법 위에 쏟아져
최중시 이득상 욕심아 !
네 맘대로 잘 되더냐

촛불시위 유모차 새댁
구경하다 구속된 셀러리맨
벌금 차꼬 얽어맨 심술아 !
낯 뜨거운 그짓 네 맘대로 되었냐

용산 남일당 망루
불타 녹아내리는 대한민국
가련한 용역아 ! 폭력아 !
그래서 네 맘대로 되더냐

생명에는 천적이 따르고
쇠똥구리 장수하는소
사람아! 생명줄 늘이는 수
네맘대로 한번이라도 되더냐

광풍에 할퀴인 숲
풀머리 헤뜨려
그래서 바람아 !
네 맘대로 되더냐

다행多幸이다

주차장 입구의 뺑뺑이 불
숨가쁜 교차로의 자동차
빗줄기 불빛에 맞아
밤 하늘에 점멸하네

TV도 바쁘고
신문도 짜증이네
여의도는 엉켜있고
북악은 안개에 싸여있네

작은나무는 언제나
큰 나무 그늘에 가리고
개울물 소리 바닷물 같지않네

그래도 역사는
남의 뒤만 따르지 않네
안개 속에서 폭풍우 뒤에서
제 얼굴 보여주는 기쁨 주네

동문서답東問西答

산기슭
강가에 봄볕이
사철 갈마들어

말했는데
양지에만 고개 주지 말라고
검정 개 꼬리 삼년 시궁창에 묻어 놓아도…

바위는 굴러내리고
암장巖漿은 울어대고
말문 활짝 열어놓고

벌통앞에
높은노래 틀어놓고
벌들 웅웅대며 춤추네

밥 그리고 사람들

새들 숲 등지는 흑갈색의 계절
푸석한 감촉 싫은 것은
쥐어짠 대기 아래 시골 장날
새우젓 할매의 손등 터진 살
자식의 차디찬 숟가락

나무에 새들 부산하다
사람이라서 신의 은총 아니지
병색의 여인 머릿결이고
등굽은 할매 자배기 앞 살속 저민다
언손 녹이는 건 장갑이다

철새들의 먹잇 짓 아기 자기
둥지의 모양도 가지 가지
흩어진 깃털 아래 맨살로 잠들어
삭신 죽 벋어 스스럼 달랜다
빛으로 증폭되는 귓가의 모기소리
밥이다

어둠이 절룩이며 찾아와 옆에 눕고

뭉툭한 집게 손가락
구차히 잡힌 꽁초
모기 소리가 가져간 허공

새끼줄만도 못한 세상

시간이 순간을 엮어놓은 새끼줄이면
구부리거나 곧게 펼 수 있지
둘러묶고 이엉이라도 겯어*놓으면
대학로 풍경 그대로 이리라

달리는 치타의 긴장감
봄볕 흩으는 나비의 날갯짓
순간을 엮어 시간을 겯라* 하지만
겉은 있고 속은 비어있다

취루탄 자욱함의 지옥 시절 끝내고
신선한 새벽내음 한낱 추억되었나
한바탕 광풍 일어 막힌 숨 틔울까

새끼줄만도 못한 세상
그 위에 참새도 앉지 않는다

* 겯다(결다):서로 어긋매기게 짜거나 걸치다

120

생각

생각에 고삐 매어 끄니
골짜기 뭉개지고
시냇물 탁해지고
향기 없는 꽃들

생각에 덕석 씌워 오르니
풍경소리 청량한데
오른손 흔드니 오른쪽으로
왼손 흔들면 왼쪽으로

내려숙인 동공
이슬 가실 날 없고
수명 다한 형광등이네

생각의 맨 등에 올라
리듬 즐기며 살세나
세상사 마다하지 말고
생각에 굴레 씌우는 일은 말게나

슬픈 역사

베잠방 가랑이 잔뜩 추기고 얕은 개울가 점벙이는
사내야! 찌푸린 하늘 가관인데 내려앉기라도 하면
어쩌지
푸름 청청인 나뭇잎 어느새 가을색 입어 꽃이 되었다
나무들 준비하느라 앓아 좋아 수줍어 주글주글
애달팠던 사정 아는지 갈잎 처절히 밟힐쯤이면
시인의 노래 앙상가지에 얹힐게고
접동새 울었던 사연 밤하늘에 울려 새겨지겠지
역사는 슬프고 구름은 가만히 있지않는데
사내야! 가랑이 걷은 만큼은 들어가 봐야지 잠기기
전에 말이다
새들 끼리 끼리 모여 지저귀듯 슬픔은 슬픔 찾아 수
군거리지
편갈라 억샌 턱으로 뜯어내는 광기 끝없이 보고 있
어야 하는지
불어나는 물 깊은데 가지 못한걸 후회하지 마
들어가 본 만큼 안다는 말 아는 것은
제 자리에 서 버리는 것 아니니까
모든 물 힘을 합해 조류를 이루듯
민초들 언제 나라 드높이지 않했던가

시인의 노래 들어주는 이 없을뿐
역사는 슬프고 구름은 흐르는데
겨울색 입은 꽃으로 나누는 마음으로 벗어버려

순박淳朴

켜켜이 다져진 순박
질긴 탄성
오래 오래 견딜듯

몸으로 말하고
느낌으로
숨쉬는 순박

말의 높낮이 다투듯
부딪고 쌓여
터널엔 늘 어둠이

꽃밭에 나비
벌들 흥겨움에
모두 가는길 가는

백범 장준하를 품은 사람들
너른 방 촛불 비치듯
오래 오래 견뎌라

심술난 가난

뜨거워
가난이 뜨겁다
불타 오른다

빙벽은 녹지않고
식은 가슴 얼지 않고
높은 장대 위 눈이 벌겋다

용암의 시절
속 깊은 사람
식은 바윗 덩어리

언다
가난이 차다
하얀 김 뿌옇다

녹을 건 녹아라
뜨거운건 식어라
가난은 심술난 고슴도치

슬픔이 꽃피다

아픈 마음이거든
슬픔으로 닦아요
눈물로 닦고
지워지지않는 것으로 닦아요

내 안에 들어온 것은
조건없이 나오는 것 아니오
마음에 저며 넣은
그것으로 꺼내시오

슬픔은 꽃이 됩니다
그 꽃이 영혼에 잠겨 있음은
용산의 검은 현장에 있고
소녀 가장 집 울음에도 있지요

일억광년 달려온 회색 빛살
변하는 것이겠소?
닦여진 아픈 마음
꺼내진 슬픔이 꽃으로 피지요

열리지 않는 문

바람으로 떠 다니다
구름으로 섞인다
눈물 범벅
노래 부른다

떠나는 마음은
우는듯 웃는
여미는 옷고름

흔들리며 불러야 하는 노래
웃음 가신 눈시울
영혼을 오선지에 흘린다

바람치는 나무에 올라
부릇튼 입술로
소리쳐 노래 부른다

유리잔 같은 이름

현저동 101번지
인혁당 재건위 쓴맛 되새김질 자리
아프고 쓰라려 전시장 쓸쓸했으면 좋겠다
잊히고 바래서라면 않된다

유리잔 같은 이름 도예종 하재완…
꽃이 바람 되어
다시 볼 수 없는 회한
오싹 싸늘히 쥐어 짜진 뒤끝

허술한 창문 독립운동 타임머신
터지고 찢겨 어긋난 뼈 언 맨바닥
조선어학회 신간회 6·10만세 의혈투쟁…
이완용 박재순 권중현… 을사늑약 오적
김지하의 오적과 오버랩

단단히 닦여져 반들 반들한 자들과
빈정거리는 소음 속에 포개져
웃으며 끌려가는 유리잔 같은 이름들
1975. 4. 8 사형판결 18시간 만에 집행

유족의 모습에 웃음이 없다

독립투사의 후손마다 그늘이듯
꽃바람 되어버린 여덟 생혼
돌이킬 수 없는 결단 함부로 한 자
아직도 살아 강산을 배회한다

조용 조용히

허기진 세상
말을 잘도 만들어 낸다
세계화 무한경쟁 전략적 인내

스케이트 스파이크 등산화…
달려갈수록 점점 다면체多面体
스펙트럼

무엇이고 만들어야 하고
만든건 다 그럴듯 하다
헛개비들 헛개비들

히말라야 벽에 부딪는 바람
주저앉은 일 있나
구르는 돌 멈추는 곳이 제 집인걸

철면피鐵面皮

점잖이 의관 갖추고
현재를 죽이는
머리 큰 사람

서양태 두루고
미래를 부풀리는
노랑 머리 사람

과거를 회칠해대는
가면에 덧대기까지
얼굴 두 개인 사람

거룩으로 거죽 쓰고
영혼 흔들어 대는
괜한일 하는 사람

끝까지 가려내기
사납고 싸납게
절대 용서 않기

핑계

공기 부풀려 마음을 감았다
감겨 숨쉬기 어려워
헛기침 소리

두물머리 홍수질 때
북한강
남한강
돌아앉아 트집이다

즐거운 여행길 막아놓아
숨 막히니
성나지 않을 수 없다

감긴소리
마음문 먼저 나가겠다니
더듬거리는 소리

새뜻한 새벽 안개
툇마루 가래소리
핑계는 홍수지는 소리

작품 해설

상실의 시대 속 초극超克의 몸짓

- 최인호의 시 -

민 용 태
(고려대 명예교수, 스페인 왕립 한림원 위원)

현실 속에서 꿈을 잃은 영혼들이 있다. 부조리한 현실 속에서 울고 싶은 사람들이 있다. 때로는 분노하고 울분을 토해야 사는 사람들이 있다. 그러나 울분을 토할 수 없어 늘 삼키고 침묵하는 마음들이 있다. 그 마음이 만드는 시어는 지극히 단단한 절벽, 혹은 절규 냄새가 난다. 최인호의 '시詩'는 그런 범상스럽지 않은 벼랑 위의 꿈, 절벽 위에 핀 꽃이다.

> 소리를 찾는다
> 언제나 벼랑에 서는
> 침묵을 그리는 손은 떨린다
>
> 쓰여지고 새겨지는 모든 것은
> 떨리는 손 위에 있다

눈 감는 버릇이 있는 그는

가끔

그곳에서 뛰어내린다

꿈꾸는 이의 눈은

벼랑이 그의 자리이다

　그러면 어찌하여 하필 '벼랑'인가. 그것은 현실 참
여나 정치 논리에 침묵을 강요한 시대를 살아온 이력
도 있었기 때문이리라. 최인호 시인이 살아온 세대는
멀리는 6 · 25 동란, 그 다음은 독재에 항거하던 4 ·
19에서부터 5 · 16 군사 쿠데타, 광주 항쟁 등 파란 만
장한 역사의 소용돌이가 있었다. 그 속에서 생존경쟁
에 뛰어들어야 했던 현실 속의 비리들이 정의와 인간
성, 꿈을 먹고 사는 시인의 마음을 끝없이 분노케하고
괴롭혔을 수 있다. 가끔 시인의 시어에 쉽게 이해하기
힘든 거칠은 해학, 저항적 논리가 맞부딪는 것은 바로
이 때문이다. 그러나 시인은 현실 속에서 늘 침묵의
쪽을 택했다. 유일하게 분노를 토로하고 의지할 수 있
는 '시'라는 숨구멍이 있었기에.
　그런 현실적 '벼랑'의 의미를 넘어 최 시인의 시학
에는 또한 어떤 전율과 절정감이 시를 쓰게 한다는
낭만주의적 발상이 있다. 시인은 '쓰여지고 새겨지는
모든 것은 / 떨리는 손 위에 있다'고 말한다. 이것이

바로 최 시인의 시법이다. 라이너 마리아 릴케가 말하듯 '…쓰지 않고 못 배길, 죽어도 못배길 내심의 욕구'를 표현하는 것이 시라는 생각이 최 시인에게 살아있다.

1. 자연과 전통, 사랑의 상징 '어머니'

우리 모두는 어머니 뱃속으로부터 세상에 나오면서 고생이 시작되었다. 자연으로부터 인간으로 태어나면서 '눈물의 계곡'(기독교)이나 '고통의 바다(불교)에 떨어진 것. 그래서 인생의 제일 먼저 스승은 바로 어머니이시다. 어머니는 자연의 신비이다. 그녀의 교육은 자식이 성선설적 자연성(유교)을 잃지 않고 사회 속에서 모두 사랑하며 부드럽게 너그럽게 살아가는 길을 가르친다. 인성 교육의 바탕은 부모로부터 시작된다.

그래서 공자는 논어 학문편에서 "집에서 효도하고, 밖에 나가서 어른을 공경하고, 그리고 힘이 남으면 공부하라!" 하셨다. 어머니로부터 사랑을 받고 자라며 어머니에게 사랑을 느끼는 것이 효孝의 첫걸음이다. 가르치지 않아도 아는 마음의 텃밭 가꾸기. 그래서 학교를 보내면서 어머니는 행여 그 사랑의 본마음이 흐려질까봐 '따지지 말라 하신다'

어머니는 따지지 말라 하시고

구름이 피었다 스러져
막힘 어디에도 없다
하늘 두른 이들 흔들어대기 바쁘나
세상에 트인 구석은 없다
들어서 안 것 시부렁거리다
익숙해서 알아버린 게 되고
지식이니 고개 쳐드는 버릇

학교는 따지라 가르치고
어머니는 따지지 말라 하시고
영혼의 시선은 용서에 머무는데
따라하는 이 마다 형제애 찢어져
짧은 지식 늘이다 보니 가늘다
박우물에 깔린 지식 퍼 보니 한 줌
구멍 난 항아리 온전한 두레박으로 물 긷고
온전한 항아리 구멍 난 두레박으로 물 긷기

천년의 소리에 지워진 어둠
수천의 육성으로 노래하는 강물
소리, 반짝임으로 담아낸다
찢긴 우물 꿰매려고 골무 끼니
어머님 눈물 좋은 바늘이네
피었다 스러지는 뜬 구름 더 예쁜 구름 피우기 위해
학교는 따지라 가르치고

그러나 세상도 형제들도 '…트인 구석은 없다'. 모두들 학교에서 듣고 배워 그것이 지식으로 알고 떠들고 살아간다. 어머니에게서 배운 감성은 찌들고 이성만 번뜩인다. 그러다보니 집안에서도 자연히 '형제애가 찢어져' 형 동생이 걸핏하면 '따지고' 싸운다. 그러나 어머니의 사랑의 말은 '수천의 육성으로 노래하는 강물 / 소리, 반짝임'이다. 여기에서 최 시인은 엄청나게 무서운 이미지의 도약을 시도한다. '찢긴 우물'은 역설이다. 물은 찢어지지 않는다. 그런 것을 꿰매는 어머니의 눈물은 시비한 화해의 '바늘'이다. 다시 세상에게, 세상의 형제들에게 어머니는 눈물로 그들의 이성으로 마른 가슴에 사랑의 물과 감성을 일깨워준다.

최인호 시인의 가슴은 정지용 선생 못지 않는 고향에 대한 향수로 가득차 있다. 최 시인의 '섬돌 위 흰 고무신'은 고향 냄새 물씬 풍기는 정스러운 이미지의 향연이다.

심청가 감미로운 진양조에

외조부님 눈시울 뜨겁다

(…)

논도랑 물꼬 짚으시고 논머리 풀가에 서

태 거꾸로 잡아채 태질치시는 소리에
참새들 놀라 날고
허수아비 멀거니 쳐다만 보고
(…)
외로운 들녘 개구리 울음소리

둔덕길 돌아오는 길 뜨락에 서면
초가지붕 처마 기슭 따라 조여진 듯
색감으로 꼬옥 다듬어진 이엉 아래
섬돌 위 흰 고무신

  어머니를 생각하면 고향이 그립고, 고향 생각하면
어느 것 하나 정스럽지 않은 것이 없다. 그러나 삶은
시인의 이런 순수한 서정을 가만히 놓아주지 않는다.
거기에는 먹고 살기 위한 투쟁이 있고 사회의 불의와
몰인정이 있고 공포가 있다. 시장은 전장이다. 밥을
위한 투쟁의 장소.

  밥 그리고 사람들

  (…)
쥐어짠 대기 아래 시골 시골 장날
새우젓 할매의 손등 터진 살
자식의 차디찬 숟가락

나무에 새들 부산하다

사람이라서 신의 은총 아니지

병색의 여인 머릿결 이고

등굽은 할매 자배기 앞 살속 저민다

언 손 녹이는 건 장갑이다

 (…)

어둠이 절룩이며 찾아와 옆에 눕고

뭉툭한 집게 손가락

구차히 잡힌 꽁초

모기 소리가 가져간 허공

   최 시인은 나의 이웃들, 할매 할배의 찌들고 굽은 모습에 남다른 연민을 느낀다. 이 모두 밥 벌어먹기 위해 시장에 나온 춥고 배고픈 사람들. 처음은 모두 새처럼 자유롭고 행복했으리라. 그러나 막상 밥 먹고 산다는 일은 쉽지 않다. 그것은 '쥐어짠 대기 아래' 목숨을 부지하는 일이기에. 자유의 새가 찾는 먹잇감도 잡기가 쉽지 않다. 모기 소리는 오히려 배고픔을 비웃는다.

   마지막 연은 절망에 빠진 노동자의 처절한 모습이다. 어둠마저 절룩이며 찾아와 옆에 눕는단다. 구차히 땅에 떨어진 꽁초를 집어 입에 물고 허공을 본다. 배고픔을 비웃는지 약올리는건지 모기 소리만 요란하

다. '심술난 가난'은 무서운 가난이 고통스럽다 못해
아주 해학적이다.

> 뜨거워
> 가난이 뜨거워
> 불타 오른다
>
> 빙벽은 녹지 않고
> 식은 가슴 얼지 않고
> 높은 장대 위 눈이 벌겋다
>
> 용암의 시절
> 속 깊은 사람
> 식은 바윗 덩어리
>
> 언다
> 가난이 차다
> 하얀 김 뿌옇다
>
> 녹을 건 녹아라
> 뜨거운 건 식어라
> 가난은 심술난 고슴도치

'가난'은 뜨겁다. '가난'을 벗어나기 위해 죽도록 뛰니까. 그러나 '빙벽' 같은 가난은 '녹지 않는다'. 눈이 벌게도 돈 벌기 힘든다. 가난은 무정하게 무지하게 차다. 최 시인은 기도한다. 이 지겹게 얼어붙은 가난이여, 좀 녹아다오. 돈 벌겠다고 허덕이는 이 열기여, 좀 식어라. 언젠가 이 가난은 물러가겠지만, 지금은 온몸을 아프게 하는 '심술난 고슴도치'구나!

고달프고 힘들 때마다 시인은 다시 '나의 어머니'를 생각한다.

나의 어머니는
가시덤불 속에서
알밤을 주우신다
낭떠러지에서

그래서 어머니의 알밤에는
어딘가에 상처가 숨어있다

어머니는
캄캄한 산 이쪽저쪽을
눈을 감으시고 왕래하신다
아무렇지도 않게

철들어 가면서
나는 어머니를 배웠다

더 좋아하게 되었다

좋음이란 깊어서
무서움과
함께 한 지붕 밑에 있음도 알게 되었다.

어머니는 / 캄캄한 산 이쪽 저 쪽을 / 눈을 감으시고 왕래하신다 / 는 이 무서우리만큼 아름다운, 그러나 아무렇지도 않은 이 득도의 몸짓을 아는가. 어머니에게는 가난도 아픔도 상식이다. 아무렇지도 않다는 듯 안고 살아간다. 알밤 같은 사랑만 주신다. 그러나 세상 살다가 철이 들어 아들은 '…알밤에는 / 어딘가에 상처가 숨어 있음'을 안다. 어머니에게는 삶도 죽음도 그저 인생살이 그냥 겪는 일이다. 그래서 어머니의 사랑은 무서우리만큼 깊다. 어렸을 적 나에게 매를 때려서 가르쳤기 때문만은 아니다. 이제 어머니를 좋아하게 됨은 어머니의 무서운 죽음까지 '함께 한 지붕 밑에 있음을 알게 되었기' 때문이다.

2.살아가다 알게 되는 체득의 향기

그러나 최인호 시인은 무엇보다 초극超克의 시인이다. 사랑하는 사람이 오랫동안 병들어 누워있을 때도 그 긴 세월을 묵묵히 끈질기게 간호하여 실제로 완치에 이르게 할만큼 역경을 이겨내는 힘이 있다. 사업의 성공과 실패가 손 뒤집듯 왔다 갔다 해도 최 시인은 늘 침착하고 싶어했다. 그것은 어머니로부터 배운 것과 함께 스스로 인생을 살다 알게 된 체득의 향기였다. 시인은 자신을 위로하듯, 슬픔이 꽃으로 핀다고 말한다.

> 아픈 마음이거든
> 슬픔으로 닦아요
> (…)
> 슬픔은 꽃이 됩니다
> 그 꽃이 영혼에 잠겨 있음은
> 용산의 검은 현장에 있고
> 소녀 가장 집 울음에도 있지요
>
> 일억광년 달려온 회색 빛살
> 변하는 것이겠소?
> 닦여진 아픔 마음
> 꺼내진 슬픔이 꽃으로 피지요

'일억광년 달려온 회색 빛살'은 인간 업보이다. 인간이기에 당해야 하는 고통의 빛살이다. 산다는 것 자체가 고통의 바다라는 불교적 비전이다. 그래서 거기에서 피운 꽃은 아픔이 닦여진 체념의 꽃이요 노래처

럼 시처럼 토로하는 슬픔의 꽃이란다. 최 시인은 자연
속에서 숨을 가다듬는다. 나무를 보며 생명의 눈길을
배운다.

나무는 언제나
골짜기 품은 산
산을 품은 골짜기

(…)

첫 새벽
나무 심줄 밟으며
대기를 마시는 나

나무의 숨소리
사리는 몸짓
생명 나누어주는 눈초리

언제나 제 자리에
그 모습으로
나를 부르는 소리여

등산을 하며 시인은 자연의 크막한 가슴에 안긴다.
'골짜기 품은 산 / 산을 품은 골짜기'의 상호 교감을

온 몸으로 느낀다. 그러나 무엇보다 말도 많은 이 '허기진 세상'의 갈등과 생존경쟁의 피비린내가 부질없음을 안다. '조용히 조용히' 히말라야의 성자처럼 살고 싶어진다.

　　허기진 세상
　　말을 잘도 만들어 낸다
　　세계화 무한경쟁 전략적 인내

　　스케이트 스파이크 등산화
　　달려갈수록 점점 다면체
　　스펙트럼

　　무엇이고 만들어야 하고
　　만든 건 다 그럴듯하다
　　헛개비들 헛개비들

　　히말라야 벽에 부딪는 바람
　　주저앉은 일 있나
　　구르는 돌 멈추는 곳이 제 집인 걸

　좀 더 크게 보면 다 사는 모습인데, 세상 사람들은 이렇게 허영과 '헛개비들'을 만드느라 바쁘게 바장일까. 다 빈손으로 왔다가 빈손으로 가는 것이 인생이

데, 더 높고 큰 히말라야에 기보라. '히말라야 벽에 부
딪는 바람 / 주저앉은 일 있나'. 마지막 시구는 그야말
로 인생 체득의 한말 마디. '구르는 돌 멈추는 것이 제
집인 걸'

최 시인은 이렇듯 어떤 득도의 경지를 꿈꾼다. 온
세상 큰 웃음으로 껄껄대며 살아가는 선사禪師, 엉덩
방아 찧어도 가볍게 툭툭 털고 일어서는 초인超人적
시인을 꿈꾼다.

> 자유분방
> 좁은 돌담길 가네
> 술에 젖은 걸음걸이
> 부딪고 찧고
> 엉덩방아 시인
>
> (…)
>
> 배 노저어 언제나 바위 위에 대고
> 보아뱀 비늘로 가듯 서쪽 하늘 가리키며
> 해를 뜨게 하는 하얀 웃음
> 바윗길 평지 걷듯하는 발
> 해돋이 하는 얼굴빛

시인은 '해를 뜨게 하는 하얀 웃음'으로 살고 싶다. 아무리 험하고 질퍽거리는 길이어도 마른 평지 걷듯 아무렇지도 않게 가고 싶다. 나이는 들어가고 해는 이미 서산에 기울었다. 그러나 '서쪽 하늘 가리키며' 지는 해를 웃고, 새해 해돋이를 만드는 그 '하얀 웃음'이 그립다.

그러나 어느 시보다도 최 인호 시인의 자화상에 가까운 시가 '노익장'이다. 아직도 젊음을 자랑하고 싶은, 그래서 아침마다 운동으로 새 햇살을 맞는 '노익장'이 바로 최 시인이다. 가난과 땀으로 후줄근해진 어제일랑 잊어버리자. 이미 인생은 서산을 향하고 있다. 늙으면 좀 어떠냐? 해는 지면서도 노을처럼 젊고 아름답게 웃는다. 이 풍경을 보는 시인의 해학적 웃음을 보라. '늦둥이 등에 메고 / 젊은이 행세하는 햇살이여' 이런 웃음은 밉지 않는 자조自嘲적 웃음이다. 저렇게 석양의 햇살도 발갛고 예쁘고 젊은 척 하는데, 이 나이테 많은 나도 늦둥이 업고 저 햇살처럼 좀 젊으면 안 돼? 하하. 특히 마지막 '벌겋게 잇몸으로 웃는' 모습이 바로 최 시인의 모습이다.

노익장

갈매기 활공의 리듬 타고
영감의 호수 위를 노닐던

청춘 편린 주체할 수 없던 그대
추위를 알몸으로 살아가는가

하늘에 새는 날고
뻐꾸기 먼 산 울리건만
세월은 게으르고 젊음은 휘청거려
헐거운 바퀴 나이테 어디를 향하는가

번민에 적셔진 머리
후줄근해진 공동으로
뒤돌아보기 싫은 삶
세상 어느 햇살이 반기던가

늦둥이 등에 매고
젊은이 행세하는 햇살이여
서산에 벌겋게 잇몸으로 웃고 있어라
허허스런 세상

최인호 시집

서정의 분노

인쇄 2013년 11월 1일
발행 2013년 11월 8일

지은이 최인호
펴낸이 박명순
펴낸곳 도서출판 문학시티

등 록 제22-2311호
등록일 2003년 2월 25일
주 소 경기도 용인시 풍덕천 2동 1084
       용인수지우체국 사서함 7호
전 화 031)717-2549
팩 스 031)718-2549
이메일 munhakmedia@hanmail.net
공급처 정은출판 (02)2272-9280

* 책 값은 뒤표지에 있습니다.
* 잘못된 책은 바꾸어드립니다.